ねむりたりない

櫻井朋子

新鋭短歌

ねむりたりない＊もくじ

I　ミナモ

きみも海鳴り

「秒針の音が気にならない夜は初めて」つぶやくきみも海鳴り

目が覚める夢から覚めてそうやってあの埠頭まで戻れないかな

お茶筒がふすりと閉まる瞬間もいつか死ぬって信じきれない

アスパラを剝けばナイフは濁りゆき許せなかった横顔のこと

迷いなく友より恋を選ぶだろうあの子は夜空のように笑って

くるぶしは小さな果実　夕闇に熟れゆくきみを起こせずにいる

言わないで火を点けないでまなうらに金平糖のなだらかな棘

泣かなくてもわたしはきれい剝ぎ捨てたコンタクトレンズに残る夜半の灯

この朝焼けだけは絶対忘れないヒトから尾骶骨が消えても

都庁

ビル街をしんと光らす雨に問うやさしい人がやさしい理由

図書館に火を放つ夢ばかり見るふいに名前を褒められてから

その遠さ。浅草橋から浅草の。掠れた声で果てるあなたの。

埋めきれない夜長ばかりだ「のりしろ」は命令形だと思ってたのに

息を研ぐ　きみがいないとまだ駅の出口も教えてくれない東京

痛みさえ光ってしまう新宿は空室だらけの愛でまぶしい

地まつ毛の悲鳴を黒く塞いでもくるおしいまま夜はこれから

かけられた呪いをぜんぶ抱いて行く　都庁、あんたの孤独もきれい

ふところに紅い小さな木琴を忍ばせ歩く残雪の街

庭のない家

母さんの自作だったと後に知るお伽話で燃えていた町

庭のない家に育てば柔らかな背骨のままで月へ漕ぎ出す

絵空事として捉えたい雨漏りも体内にある卵の数も

あの女も使ったかなぁ出汁巻のうずに差し込む基礎体温計

保留した問いの深さを知らしめるごとバスタブの栓を抜く音

竿竹屋こなくなったね　世界へときみが吐き出すけむりは白い

ああ人を殴ったことのある手だ、と豆腐を掬う所作に思えり

シニフィアン・シニフィエ　果てない朝のため植物由来の乳を飲み干す

萎れると透明になる花がありあれからずっと言えない動機

耳に貝あてがうように諍いの果てのあなたの心音を聴く

糸より細く

一年中おなじ星座に護られて飛蚊症とはやさしい病

雪灯り　母はシンクに熱湯を糸より細く垂らし続ける

フードプロセッサー買ってよかったね奈落はきっとこんな色だね

凍りかけた氷の中で揺れる水わたしの臓器はわたしが嫌い

輪郭にほんのり靄を滾らせた姉と観にゆくドガの踊り子

曾祖母のルビーが指に馴染んでも恥ずかしいことは恥ずかしいまま

ハムスター埋められていく春の庭しずかな父の背に花は降り

常温のたまごをふたつかき混ぜる夕べは灯台守のさびしさ

換毛期の仔犬を抱いて風を待つこわいものなどないのがこわい

霧雨にコートは満遍なく濡れて末っ子だった日々よさよなら

絶倫と殴り書かれたふるさとの駐輪場で安堵して泣く

リビングルーム

アパートのどこかの窓で風鈴が今年も夏を測り始める

拭きかけの三面鏡を覗きこむわたしはわたしの正夢のなか

生活ってかわいいですね櫛の毛を神経質に取って捨てたり

米を研ぐ動作は思い詰めやすくサビだけ歌う森のくまさん

ぬか漬けをフォークで食べて万物に傷つけられなくなったつもりか

スクリーンセーバーの百合いつみても満開　そっと摘んであげたい

くたびれた人が海辺に住むようにまぶたに薄くのばす銀色

十四年目の経血もとめどなく梅雨の港の暗さを思う

曇天が機影を大きく見せるけど思い出したい人はいないな

イヤフォンは小さな防具　淡い目の高校生の音漏れを聴く

パンプスはいつも右からすり減ってまぶたの奥にかざす鉛筆

正しさへ傾いていく永日よ駅のピアノを誰も弾かない

神前式の上の階でも神前式　分厚い絨毯を踏みしめる

水引を指でなぞれば曲線の果てにとつぜん取り残されて

かわらないかわらないって言い交わす同級生の睫毛にほこり

生えてもいない角を隠して白無垢の友はあかるい家庭を誓う

その昔ふたりで作った替え歌は鼻歌で歌っても替え歌

旧姓をもじった渾名に振り向いてくれたイッチー　幸せでいて

水を入れすぎたご飯と茉莉花の甘いにおいに小径は暮れる

おかえりなさい永遠の女の子もしくは消化不良の漠よ

隣人の手荒い施錠　夜を吸う前のうすももいろのリビング

不安というには淡すぎて輪切りしたはずの胡瓜の長い連なり

入浴剤はじけて腿をくすぐって将来の夢なんだったっけ

あいまいな肯定ばかり上手くなるポプリの瓶がならぶ窓辺で

スターチス　吐く息にさえ崩れゆき忘れたことを忘れないでね

恋をしていない五感がいとおしく鋭角から崩す梨タルト

でも今を泳いでいたい紫陽花の青のあわいに息継ぎをして

どの夏もどこかで続いていたらいいカットグラスを両手ですすぐ

振り向けば鎖骨をなぞるように夜　しまい忘れたレタスがきれい

II　ツツジ

ユーラシア

逆光と知りつつシャッター切るぼくらひとつの輪郭として夏へ

「羽毛布団」みたいな名前の人だった思い出せないそれが愉しい

はるさめを交互にすする唇に梅雨の晴れ間の光ひしめく

スコールが来る瞬間の音を立て生地を断つ手の青いかがやき

真剣にフォトフレームを選んでいる背に七月が質量を増す

毛穴から水菓子のにおいさせねむるきみは季節のように正しい

ユーラシア　つぶやき走り出す渋谷　雨と声とを聞きわけながら

永い背泳ぎ

付け襟をしずかに浸す早朝の洗面ボウルに消えない波紋

把手のない熱い器であった夏とびこみ台に指をまるめて

水泳のあとの古文はとうとうと千年前に泣いていた人

プロペラの羽音に眩暈を重ねれば医務室の影すこし濃くなる

降りかかる全てをひとしく愛すよう百葉箱は白く塗られた

進路指導室は涼しい　落書きの消された机で枝毛を探す

かんぺきに鰯の骨を除くごと級友たちと交わすさよなら

置き傘はあかるい休符　公団の雲の切れ間に音もなく咲く

ばかみたいってことの奇跡になんとなく気づいて水風船が割れない

きっとすぐ忘れてしまう冗談を言うか迷って、言って、笑った

愛猫のロウ（ローズマリー、略してロウ）だけに明かしたキスと赤点

四季を知りプールの底のＩの字が魚影に見えなくなって　それから

アラームへ伸ばした腕がきみにさえ触れない朝の永い背泳ぎ

下は火事／上は洪水これなあに？　全てのヒントに震えてねむれ

待たせている気がして今も待っている合わせ鏡の果ての八月

しゅらしゅら

一歩ずつ脱ぎ捨てていくサンダルのごときクリップ海に焦がれて

つま先を閉じてぽちんとエナメルの靴を鳴らせば残業の花

都市はいつから都市なのか　イヤフォンをすればなおさら響くビル風

小銭入れの小銭をちょうど使い切る余命わずかな惑星《ほし》の書店で

愚図る子になにかを許す父親の背中に汗がジュゴンを描く

ふたりして夜に理屈を落とすとき路面標示の【止】に水たまり

何度目の転生なのか数えていた熱めのシャワー背びれにあてて

無果汁のジュースの甘さ　誘蛾灯　てもちぶさたになでられるかみ

口の端を舐めればきみも海の味　愛おしいって懐かしいのね

玉砂利の白さは不敵しゅらしゅらと同じ結句ばかり浮かぶ夏

あまおう

指ぬきが朝のホームに落ちていて記憶にも痛覚のあること

再開や出会いに取り囲まれながら遠くを見ているきみとハチ公

相槌はとぎれとぎれに沈丁花こんなところに咲いていたっけ

逆接の逆接は順接でなくあなたの喉で弾けるコーラ

「あまおうって下品だよな」と匙を置く手首の斑をじっと見ていた

通過待ちの駅で日暮れを持て余す約束しない指を絡めて

夕立の粒をいくつもぶらさげて物干し竿は波線に変わる

食卓のざらざらを拭くざらざらざらは心窩に満ちる砂の手触り

信頼は難しすぎてしば漬けの紅が滲んだ大根を食む

数千のツツジを摘んで葡萄酒に見立てた春は今も貧血

夕方の蜘蛛

起きてすぐ夢を忘れていくときの睫毛の先にかすかな曇り

親指でスマホの通知なにもかも上に流してねむりたりない

平らかな朝の補色としてきょうも出窓の蜘蛛は見逃しておく

近道がいつもの道になっていく雨も鼓動もとめどなく降る

吊り革を摑みそこねてよろめけば快速列車に零れだす夏

待ち合わせ場所を伝える文末の絵文字の鳩が葉を落としそう

「本当のきみに出会おう」底無しの黒目で笑う脱毛広告

十一の部署に分かれて螺子を売る会社のすみで螺子を数える

へその緒をしまうつもりでひとつずつ綿に沈める試作品たち

紙詰まりを直した指にシアンブルー拭い取るほど濃くなりそうな

ぼんやりと焼け野が浮かぶ　色あせた秘書課の絨毯ふみしめるたび

まだ少し降っているかも改札を抜ける人みな天を仰いで

半休の浅い翳りをまといつつポニーテールをとろとろほどく

気づいてもただ笑うだけ駅前のあなたは一輪挿しに似ていた

菊ばかり並ぶ花屋の奥で買うテッポウユリは母の横顔

戯れ言の語尾は小径をのびていき卒塔婆の影をそっと横切る

冬は寒そうだねこれ、　と墓石に水かける恋人も夕焼け

仏前で名乗るあなたの両ひざに星図のごとく食いこむ砂利よ

ろうそくの灯のもとにある湖にいつか触ってしまう気がして

高架下のさんざん行った店の名は忘れたけれどレモンチャーハン

相槌がひととき途切れてしまうほど雨後の青信号はきれいだ

乗り換えるだけの人らも抱きとめて飯田橋駅ゆるく傾く

あの夏のはしかも母の蒸しパンも知らない人の手があたたかい

六畳の湿りを吸って痩せていく小皿の上の塩の山肌

夜の蜘蛛は殺してよいと言う人は果たして誰にゆるされたのか

ふくらみをつぎつぎ手放しつつ夜の底に向かって尖る濡れ髪

ことされたようにまっすぐねむりあう互いの熱を過信しながら

III　コハク

ジューンブライド

秘密には終わりもはじまりもなくて夏至の港に花が咲くだけ

目が覚めるたびにどこかで死ぬ鳥を明日と呼んだり呼ばなかったり

お遍路を往きあう人の挨拶のようにしずかな梅雨日の家鳴り

半睡のシーツにとおく隣人の争う声が染み込んでいく

「式までは髪を切るなよ」うなずけば朝のキッチン白蠟のよう

ほんとうは心が入っていそうなものランキング第一位は氷

人魚だった頃を覚えていませんかシンクの泡に問いかけてみる

忘れ傘すなおに揺れる江ノ電は潮の気配に影を伸ばして

鮮魚コーナーでいちばん無機質なひかりを探す花嫁のふち

ぎんいろの汗ほろほろほろと流れゆくあなたになった場所を避けつつ

指先で小さな月が欠けるたびティッシュに満ちる旧いわたくし

粉糖が舌を冷やしてそれなりの幸せそれなりの不幸せ

消しゴムを使い切ったことないけれど捨てたこともない　寝顔に触れる

お向かいのモデルルームに月明かり　旧い苗字で呼ばれたようで

「摘出中」アナウンサーは三度噛みもうはじまらない二つの体

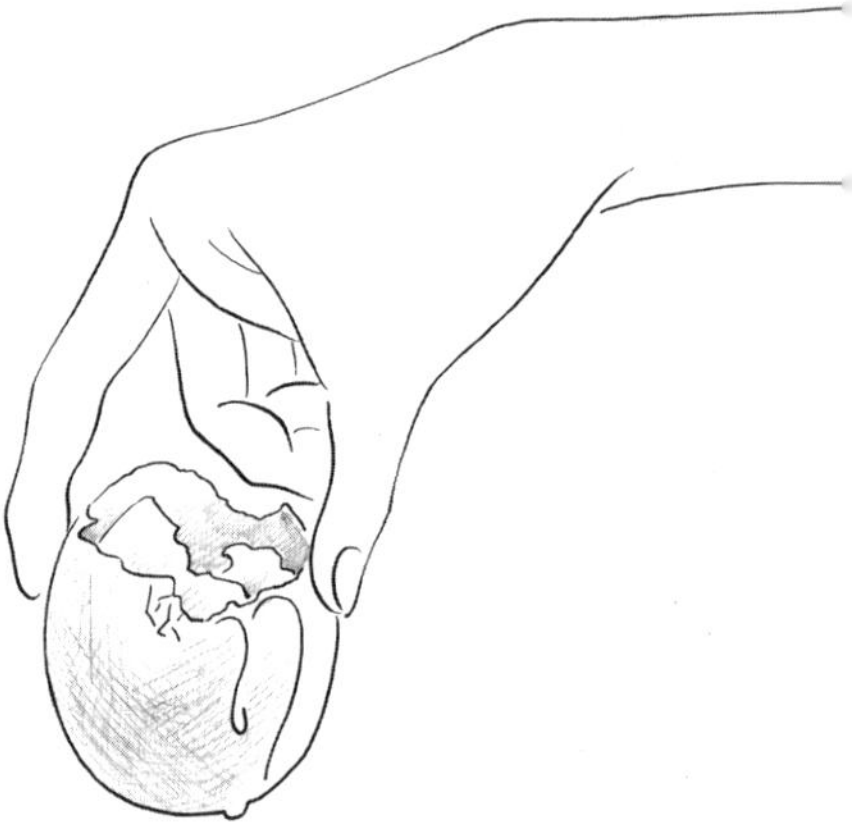

月餅

スプーンを洗うときより少しだけフォークを洗う水はつめたい

愛称はうつろい果てて花曇り「ねぇ」に応じてコーヒーを注ぐ

花粉症だからミモザは飾れない四月は善い顔するからきらい

桜桃の種をならべてそういえば口づけのないまじわりだった

わたしより少し多くの春を知る指が日向のさかいめを這う

子守唄を思い出せない夕暮れの脱衣所に生る青いオレンジ

黒豆が水をすべすべ吸う午後にきのうのことで永く諍う

追訴したいしたい気持ちに蓋すればとろ火にぽくっと腫れる卵白

目ではなく眉を見て問うこの部屋で初めて過ごした夜の記憶を
だといいね　何に相槌したのかを訊き返せずにそれも春宵
金魚鉢に金魚は生きる餌やりの波紋に神を見いだしながら

安全に暮らすほかないわたしたちうすやみのなか月餅を割る

だれかの福音

ひとつ前の住人宛ての絵葉書をちいさな花器に立てかけてみる

水彩のハイビスカスに雄蕊なく「お元気ですか」とぬるい筆跡

種明かしするような風　どの汗も鎖骨でわずかに進路を変えて

きみのうがいわたしのうがいどちらともなく流れ去る都市の気脈へ

ジィと鳴く冷蔵庫からまだ薄い麦茶を出せばそれも初夏

太い喉が上下に動く　わたしもそのダムが欲しい雨季の体に

カーテンを束ねる指に蔦の影どこまで知ってよいものだろう

週末をくゆらすふたり婚姻に昴りも拍子抜けもせずに

なんとなくつけぬ日もあり翌朝のフローリングは少しつめたい

苛立ちも眠気も真昼の月に似てまぶたにうすく満ち欠けている

「初期症状　多い　一覧」ふすふすと通信速度を遅らす鼓動

根を張ったように重たい乳房はひと夏ぶんの白雨を抱いて

覚悟なんてしたこともなくトイレットペーパーの小花ぶれている

言うべきか否か考えつつぬぐうハンドソープの先のかたまり

影のないイオンモールは心地よく臓器の位置さえ忘れてしまう

きみは桃をキウイに替えて桃をまたカゴに戻してとおくを睨む

立ちくらみを焦がして一歩踏み出せばヒールが地獄まで届きそう

カーナビに挨拶されつつ水を飲む　老衰って苦しいだろうか

すこしずつむらさきを増す母からのメールはやたらと句点が多い

東京まで五分の街の夕焼けをまぶたに満たし生きていくこと

続くだけ、　ただ続くだけ割引のあさりの中に蟹を見つける

できたかもと言ったらきみはオーブンの様子を見に来るだろう　笑顔で

上白糖ほのかに焦げていく鍋の底では何が溺れているの

割れ爪をかばって濯ぐ黒髪に落としきれない火薬のにおい

七分袖を考えた人のさびしさを思えばボタンかけ違えている

枯れるのも咲くのも花の意志ならばわたしの体はだれの福音

ジムノペディもう鳴り止んで。一粒も食べられなかった葡萄をしまう

花が描かれた葉書ちぎればそれもまた花びらになるそれだけのこと

ダウンカレント

すみれ咲く切手に水をふくませて春の今際に出すお礼状

ダンボールいっぱいにひしめく枇杷は転生を待つ命の昏さ

果樹園で生まれ育ったひとの背にもたれて古い雑誌をめくる

綾取りのような暮らしだ眠るたびほどける指をまた絡ませて

へんな節つけてわたしを呼ぶきみのみぞおちにある空洞のこと

沈黙を埋めないでおくこともまた愛で　食パンの耳をふやかす

蜜月の蜜をぬぐってひとまわり離れた夫《つま》と淹れるコーヒー

天気図のそこだけ曇っているような実家の犬について話した

防音にやたらと長けたアパートの裏でとつぜん見つかる遺跡

「発掘調査のお知らせ」に被害者のはずのもぐらがお辞儀している

縄文の住まいが眠っているという更地に降りしきる小糠雨

この町のかつての地形を調べつつきみの顎下に顔をうずめた

体内に淡い地層を成していくその日限りの夫の匂いが

過去のことを訊いて勝手に傷ついて素足のままベランダに降り立つ

にぎるほどホースの水は尖りゆき青いトマトに跳ねる腐葉土

マイマイの軌道かすかにつやめいて嫉妬深さをどこに隠そう

散歩という口実が慣わしになりこの角にもあの角にも木槿

薄ら日に晒されていく古《いにしえ》のかまどはどこか他人行儀で

スコップが土を掘る音たくたくと脳《なずき》で細い秒針になる

ひとひらの土器と地表を分かつのはブルーシートの躊躇なき青

傘の柄に重ねた手を這う血管の迷路と知って迷い込んだの

肺胞のごと紫陽花は群れ咲いて不発に終わるきみのくしゃみよ

祝うことなく暮れていく祝日の尊さに鼻歌を手向ける

おかえりにおかえりなさいと返されてわたしは初夏を落ちゆく燕

茫漠と語らう老後　後ろ手でエプロンの結び目を弄りつつ

献立を決めきれぬまま摘み取った大葉は死者の手のひらのよう

文明の末路を生きてミッフィーの皿にたっぷり盛る筑前煮

きみの手で剝かれた芋にキュビズムを感じて少し笑ってしまう

相槌とあさりを交互に積んでいくお椀はふたりだけの貝塚

先に逝くことはおそらくできなくて虫入り琥珀のような月だね

仏壇も固定電話もない家の廊下でとりとめなく脱がしあう

唯一の照明としてバスタブに爪の先ほど落とす薄荷油

生え際を気にするきみの虹彩に小さな薔薇窓がちらついて

聴診器の冷たさで胸に触れられて何を言おうとしたか忘れる

うずもれた語彙の代わりに口づけてまた口づけて下降海流《ダウンカレント》

搔き抱く肋は三葉虫に似て溺れる夢を見ているのかも

中世の沈没船から見つかったワインの記事をふと思い出す

とっておきの展示のようにほの光る鎖骨をあえかな夜の標に

海底を覆う泡沫　お互いに使い果たした息の音を聴く

呪われた太古のつがいとしていつかこの体勢で掘り出されたい

キャミソールの毛玉を摘めばぼんやりときみと知り合う前の水色

洗いたてのシーツに寄っていく皺のひとつひとつも今夜と思う

真夏日に思い浮かべる雪原のように静かな夫の寝返り

性愛をいつか手放す日が来てもだいじな化石として触ってね

ベニシダの森から醒めて天窓をあおげばあおぐほどに快晴
昨晩の遺構としての骨格に冷えた麦茶が染み込んでいく
二万年前の暮らしを思うときグラスの底へなだれる氷

キッチンの床下収納庫の隅でまどろむ枇杷をふたつ取り出す

食べ終えた果実の種が乾くまで陽だまりのなか動けずにいた

Ⅳ　ルリ

夏の氷点

こさめこさめ　永遠のその翌朝も朝顔日記は白紙のままで

月光じゃ火傷できない侘しさが洗濯バサミを腐らせていく

あなただけに似ている子を産む夢をみた雷鳴とおいままの縁側

地ビールってどれもおんなじ味するね分かる嘘ならつかないでよね

ピクルスをゆるく吐き出すきみの目に三十六度五分の寂しさ

海溝の砂をこぶしに含ませて耐えきれるまで言い分を聞く

この夏のすべてのためいき閉じ込めたビーチボールを沖に残して

答えあわせと間違い探しほど違うふたりの夜に灯る鶏頭

ワンタンを透ける手前で掬い取るうすうす勘づきながら　うすうす

姿見に口づけ重ねほつほつと曇らせていく夏の氷点

明けがたの視線は揮発性だから背中で悟るあなたの真意

魔物

いちご味といちごは違う　叫べない夢のほとりを走りつづける

決めるのは得意じゃないのバスタブで月を浴びればきいろい体

白夜の街に住もうえんえん眠らずにマスタードの種嚙んで過ごそう

この川は海に続いていないこと勘づきながら手渡すオール

夜がひび割れていく音はちはちと線香花火は地中へと咲く

十一時チェックアウトの天国のふちから落とすつめたい蚕

星間にふたりを浮かべた窓は朝ただ傍らのビルを映して

好かれたいというより許されたかったのお蕎麦屋さんのカレーみたいに

海食洞に眠れる波よ　あなたしか傷つけるものが無い静けさ

まなざしは変わらないからフェルマータいつまでも伸ばしてしまいそう

親指で一等星を拭うこのプラネタリウムに解説は無い

延命剤ごくごく飲んで向日葵は秋の魔物となったのでした

実在しない鳥

きみに無い臓器を持つこと悲しくて発火しそうな無花果を買う

フィクションです、　と突然告げられたように崩れる雁のＶ字隊列

準急に吊り広告のゴシック体ゆれてだれかの枷になりたい

新橋はさざめくばかり生き延びた蛍族として父を思えば

芍薬の花占いが終わらない大人になっても恋に恋して

選択肢として降りつづく霧雨が毛先にゆっくり宿す光点

何よりも奪ってほしいのは予感　静電気除去シートに触れる

大丈夫になりたい夜の東京を金継ぎしていく五日市線

左手に林檎　右手にディキンスン　浜辺で何を失くしたのだろ

火のごとき二重まぶたを持つきみは炊飯ジャーに両手を置いた

未明

憧憬に滅ぼされるなら今がいい花びらまみれのベランダに立つ

ねむくなる気配すらなくまなうらに硝子の城を建ててゆく夜

春疾風　すらすら空を澄ますからあの子の星座さがしてしまう

スピカには「穂先」の意味もありツンと流れるきみの鼻梁が遠い

体温がぼくを持て余していてもまじないとして湯船には湯を

唇をふるわせ水面に泡をうむ伝えたい伝えられないきらい

指先で曇った窓に描く舟の上にはただしく他人のふたり

青痣をぬるいシャワーで溶く未明うさぎが去っても月は死ねない

気球のゆくえ

マッチ擦るように呼ばれて森へ入る睫毛に白い蠟をまぶして

善いひとのままで終わった翌朝の鍋に焦げつく有塩バター

合鍵を返しそびれて去く秋の狭間に曼珠沙華ワッと咲く

靴音が一組減っただけなのに駅への道は真空地帯

気色みな柔くオフィスの蛍光灯　共同墓地を見上げるようで

物憂げな丈のスカートひらふるり〈バイタリティ〉って薬物みたい

眼圧を測る風から逃げるたび赤い気球のゆくえを思う

「包装紙の色がお選びいただけます」なぜか泣きたくなってオレンジ

脹ら脛するりと消えて階下には月をなくした夜が残った

よわいよわいよわい雨でもアスファルト真っ暗にしてしまう　おかえり

責めるほど萩あかく咲く庭にいて言い訳さえも美しいひと

白髪をたずさえ奈落へ消えていく女優の耳に最後の驟雨

小皿にはオリーブひとつ乾きおり誰かのにおいがやまない夕べ

産毛にミルク

春に向かう細い魚の群れを見たハバロフスクの響きの中に

土砂降りが夜を剝がせば首都高の水滴ぜんぶ惑星になる

みずうみの絵に出会うたび褪せていく傲慢だった日々の瑠璃色

たましいの差し色だから湯上りの膝の赤みは夜に溶けない

寒すぎてけむりか呼気か分からなくなってもあなたがいた喫煙所

洋梨に喩えられても夕焼けに染め抜かれてもわたしの体

たくらみの雪が溶かしたカレンダーもう永遠に今朝だよ　行くなよ

水色のコートがほつれ風に舞う性愛も死も使い捨てなら

また明日いやもう今日かとぼくたちは誰かが引いた子午線の下

手を離すたびに思うよこの街で花束になる花のすべてを

口の端の産毛にミルクを光らせてきみは枯野に吹く銀の風

硝子店の棚を大事にすり抜けてわたしのための暖冬をゆく

解説　肉体と感情が落ち合う場所

東　直子

この歌集には、不安や嫉妬、情念や怒り、憧憬など、あらゆる感情がつまっている。人生のターニングポイントとなるエピソードを想起させる歌も含まれているが、必ずしも作者の実人生を反映させているとは限らない。歌集は四つの章に分かれ、「ミナモ」「ツツジ」「コハク」「ルリ」というタイトルがつけられている。これらはイメージを喚起する名詞であると同時に人の名前のようにも見える。象徴的な名詞が各章の人物像を淡く引きだし、章ごとに主体が異なることへの表明でもある。

泣かなくてもわたしはきれい剝ぎ捨てたコンタクトレンズに残る夜半の灯

Ⅰ章の「ミナモ」の一首である。泣いて涙を流すという行為に自浄作用があるということを前提としつつ、そんなことはしなくても自分はきれいでいられるのだ、という意識と共に、その瞳から外したコンタクトレンズに夜に眺めた光が留まるイメージを重ね、美しい。「剝ぎ捨てる」という語を選んだところに、捨ててしまいたい記憶をコンタクトレンズごと剝ぎ取ろうとした気持ちが込められているように思う。この歌は、私が二〇一六年四月に「東京歌壇」の選歌欄を担当するようになって半年ほどが経った頃に送られてきた一首で、イメージと心理の響き合いが独特で、とても引き込まれた。
その後もこの欄に送り続けてくれた作品は、繊細さとしたたかさを合わせ持つ「この世を生き抜くための短歌」と名付けたいような魅力的な作品だった。次の作品もその一つである。

あの女も使ったかなぁ出汁巻のうずに差し込む基礎体温計

恋人の家で、女性が置き忘れたと思われる基礎体温計を見つけ、複雑な気持ちを抱きながら調理中の出汁巻きの内部温度を測ってみた、ということだろうか。嫉妬心が明確に描かれ、強い印象を残す。しかし、「使ったかなぁ」というのんびりとした言い回しと、基礎体温計を本来の目的とは大分ずれた使い方をしている点で、諧謔的でもある。

絶倫と殴り書かれたふるさとの駐輪場で安堵して泣く

殴り書きされた「絶倫」。ぎょっとする落書きではあるが、ばかばかしくて笑える面もある。その上でこの主体は思わず泣いてしまうほどの安堵を感じているのだ。「ふるさと」のこんな面に強く反応できる着眼点が面白く、喜怒哀楽の微妙なねじれと性の意識が絡まる特性の一端を見た気がする。

「秒針の音が気にならない夜は初めて」つぶやくきみも海鳴り

冒頭の一首である。秒針の音が聞こえるほど静かな場所に二人でいる。「きみ」はこれまで静寂の中で聞こえるその音に不安や淋しさを感じていたのだろう。自分がそばにいることの安堵感によってそれが払拭されたことを伝える上の句のセリフが海鳴りと混ざり合う。現実と夢の間をさまよう意識が、どこか切ない。

お茶筒がふすりと閉まる瞬間もいつか死ぬって信じきれない

茶筒が閉まるときの「ふすり」は、脱力した感じを伴い、最期の息を吐きだすような、魂が身体から抜けだす死の瞬間の感覚を想起したのだろう。そのように訪れる死を、「信じられない」のではなく、「信じきれない」のだ。誰にでも死の瞬間はやってくるということに対して確信的な実感を持てずにいる。

このように、ふとした瞬間に生じる違和感や疑問、懐疑心や不安や怯えが、様々な対人関係の中から詠まれている。自分の内側に生じるそれらの暗い心理を受け入れつつ嫌悪感も抱く。『ねむりたりない』というタイトルは、自分が望む状態を得られないことの象徴でもあり、その不如意こそが作歌の原動力となっているのだと思う。

アラームへ伸ばした腕がきみにさえ触れない朝の永い背泳ぎ
一歩ずつ脱ぎ捨てていくサンダルのごときクリップ海に焦がれて
親指でスマホの通知なにもかも上に流してねむりたりない

Ⅱの「ツツジ」の章の歌である。繰り返される日常を題材としつつ、現実とは違う世界を希求し、淡く憧れている。その感情に実感を与える言語センスがすばらしい。アラームへと腕を伸ばすフォームからの「永い背泳ぎ」、書類からはずされたクリップからの海に焦がれるサンダル、スマホの画面を流す動作からの睡眠不足の感覚。現実的なエピソードを基点として飛躍するイメージや感覚のずらし方が絶妙である。

Ⅲの「コハク」の章では、結婚とその後の生活、そして妊娠を描いた作品が目につく。こういった題材は、他の題材と比べて作者の実人生と結びつけて読まれがちだが、最初に伝えたように、この章の中の主人公の言動として味わいたい。

目が覚めるたびにどこかで死ぬ鳥を明日と呼んだり呼ばなかったり
人魚だった頃を覚えていませんかシンクの泡に問いかけてみる
苛立ちも眠気も真昼の月に似てまぶたにうすく満ちて欠けている

枯れるのも咲くのも花の意志ならばわたしの体はだれの福音

一般的におめでたいこととされるエピソードを背景にしつつ、これらの歌の主体はなんだかうつろである。その先にある諦念や絶望が漂い、死語の世界に憧れているような感じさえ受ける。特に四首目の「わたしの体はだれの福音」というフレーズが心に留まる。性愛の後に妊娠、出産をする女性である身体を、植物の生殖器官である花になぞらえ、そこにある「意志」を模索している。それは、自分自身に対する模索と直結する。

なんとなくつけぬ日もあり翌朝のフローリングは少しつめたい

「初期症状　多い　一覧」ふすふすと通信速度を遅らす鼓動

覚悟なんてしたこともなくトイレットペーパーの小花ぶれている

「なんとなく」避妊をしなかった行為の後に妊娠の可能性に戸惑っているという状況が窺える。うつろな心に容赦なく現実が迫るが、冷静な自問が続く。

きみに無い臓器を持つこと悲しくて発火しそうな無花果を買う

最後の「ルリ」の章の一首。「きみにない臓器」とは、子宮などの女性の生殖器のことだろう。

呼吸や消化に関わる臓器に性差はなく、生殖器の違いによって異性として恋愛対象となる。しかし恋愛の持続が不可能になれば、別れるしかない。異なる臓器の存在が悲しい。生まれ落ちた瞬間から決定されているそのどうしようもない事実を噛みしめつつ無花果を「発火しそう」だと感じる。果実の中に花が入り込む特殊な形態の無花果。赤くねっとりとした果肉は甘く、臓器と照らし合わされることで新たな存在感を放つ。

Ⅰ章にも、臓器を詠んだ印象的な歌がある。

凍りかけた氷の中で揺れる水わたしの臓器はわたしが嫌い

凍りかけの氷が内部で水を湛えている様子を、臓器を内部に持つ身体に結びつけた。臓器と自分とが別の感情を持つという前提が、前述の歌の臓器に対しての感情の動きと通じている。さらには、前述の「わたしの体はだれの福音」という問いとも結びつく。最初に取り上げたコンタクトレンズの歌など、この歌集に収録された歌には、身体と感情を結びつけた特徴的な歌が多いことに気づく。

この世に生まれ落ち、死を迎えるまで、人はたった一つの身体を生きるしかない。櫻井さんは、そのはかなさ、切なさを痛感しつつ、肉体と感情が幸福に落ち合える場所を探すために歌を作り続けているのではないだろうか。模索の足跡としての短歌が、共鳴している。

あとがき

二十九年間、数えきれないほどの選択をして生きてきました。

初めて書いたラブレターを、福木くんの引き出しに入れられていたら。十四歳でバレエをやめていなかったら。大学院に進んで小説を書き続けていたら。就職活動中、雪舟えまさんの『たんぽるぽる』を開いていなかったら。あの真冬の有楽町線で手を握り返していたら。

何かを選び取るたび、選ばなかったほうの道に進んだわたしも存在している気がして、歳を重ねるごとにその「残像」を強く意識するようになりました。この歌集では、そんな自分たちと影踏みをするように、大切に四つの章を編んでいきました。具体的な境遇や考え方が今の自分と異なる主体も多く出てきますが、そのどれもが「わたし」なのだと思います。

憧れの存在であり、新聞歌壇で最初にわたしの短歌を見つけ出してくださった東直子さんに第一歌集の監修をしていただけたことは、この上なく幸せな経験となりました。

書肆侃侃房の皆さま、この歌集を素敵なイラストで彩ってくださったたなかみさきさん、父と姉、穏やかで才能豊かな友人たち、短歌を通じてわたしに関わってくださった全ての方に厚く御礼申し上げます。ありがとうございました。

そして、母にもこの場を借りて感謝を。筆名の櫻井は母の旧姓です。四十歳を過ぎてから絵画で自己表現を始めた母に敬意を表してこの姓を選びました。毎晩のように絵本を読み聞かせて、幼少のわたしにことばの楽しみ方を教えてくれた母の愛情に、詩歌を作り続けることによって少しでも報いていけたらと思っています。

最後に、同じく気が遠くなるほどの選択の末にこの歌集を手に取ってくださった皆さまの心に、一首でも甘やかな釘として残る短歌があることを願ってやみません。

どの夏もどこかで続いていたらいいカットグラスを両手ですすぐ

二〇二一年九月七日

櫻井朋子

■著者略歴

櫻井朋子（さくらい・ともこ）

1992年生まれ。
2017年、新聞歌壇に投稿を始める。
同年、東京歌壇（東京新聞・東直子選歌欄）年間賞。

「新鋭短歌シリーズ」ホームページ　http://www.shintanka.com/shin-ei/

新鋭短歌シリーズ57

ねむりたりない

二〇二一年十月六日　第一刷発行

著　者　櫻井朋子
発行者　田島安江
発行所　株式会社　書肆侃侃房（しょしかんかんぼう）
〒八一〇-〇〇四一
福岡市中央区大名二-八-十八-五〇一
TEL：〇九二-七三五-二八〇二
FAX：〇九二-七三五-二七九二
http://www.kankanbou.com　info@kankanbou.com

監　修　東　直子
装画・挿絵　たなかみさき
装　丁　齋藤伸吾
DTP　黒木留実
印刷・製本　株式会社西日本新聞印刷

ISBN978-4-86385-490-1　C0092

新鋭短歌シリーズ ［第5期全12冊］

●定価：本体1,700円＋税　四六判／並製／144ページ（全冊共通）

今、若い歌人たちは、どこにいるのだろう。どんな歌が詠まれているのだろう。今、実に多くの若者が現代短歌に集まっている。同人誌、学生短歌、さらにはTwitterまで短歌の場は、爆発的に広がっている。文学フリマのブースには、若者が溢れている。それればかりではない。伝統的な短歌結社も動き始めている。現代短歌は実におもしろい。表現の現在がここにある。「新鋭短歌シリーズ」は、今を詠う歌人のエッセンスを届ける。

55. 君が走っていったんだろう　木下侑介

1000年たっても青春である

視界が開ける。いつもの世界が新しくなる。
若い世代の生きづらさに寄り添う歌。

—— 千葉 聡

56. エモーショナルきりん大全　上篠 翔

上篠翔の短歌の特徴はスピードである

そして、スピード感とスピードとはちがう。
スピード感はスタイルであり、スピードは本質だ。
口語のスピードの快感を存分に味わってほしい。

—— 藤原龍一郎

57. ねむりたりない　櫻井朋子

幻の心臓が鳴りやまない

燃えやすくて凍りやすい感情に居場所を与える。
今ここに生きるために。未来を確かめるために。

—— 東 直子

好評既刊

49. 水の聖歌隊
笹川 諒
監修：内山晶太

50. サウンドスケープに飛び乗って
久石ソナ
監修：山田 航

51. ロマンチック・ラブ・イデオロギー
手塚美楽
監修：東 直子

52. 鍵盤のことば
伊豆みつ
監修：黒瀬珂瀾

53. まばたきで消えていく
藤宮若菜
監修：東 直子

54. 工場
奥村知世
監修：藤島秀憲